Ulrike Welker

Dietrich. Bonhoeffer entdecken

neukirchener
aussaat

2

Dies...

...ist ein Buch über Dietrich.

Mit vollem Namen heißt er
Dietrich Bonhoeffer.
Dietrich war ein beeindruckender Mensch
und ein großer Theologe. Lehre von Gott (studieren)
Auf der ganzen Welt ist er bekannt
als christlicher Widerstandskämpfer
gegen Hitler und den Nationalsozialismus.

Warum Dietrich
so berühmt wurde
und als Genie gilt - das werdet ihr gleich sehen.

Landesgrenze Deutschland bei Dietrichs Geburt

Landesgrenze Deutschland heute

Dietrich wurde in Deutschland geboren, und zwar in einem Teil des Landes, der heute zu Polen gehört, in Schlesien. Genauer in der Stadt Breslau. Es war der 4. Februar des Jahres 1906.

Breslau, Blick von der Sandinsel auf die Innenstadt, um 1900

1906 war ein aufregendes Jahr. Es war das Jahr, in dem in Amerika die erste Rundfunksendung ausgestrahlt wurde. Am Weihnachtsabend hörten einige Funker auf ihren Schiffen plötzlich statt der Morsezeichen eine Stimme. Sie las die Weihnachtsgeschichte aus der Bibel vor.

1906 war auch das Jahr, in dem SOS als internationales Seenotsignal eingeführt wurde. (**S**ave **O**ur **S**hip - Rettet unser Schiff! Oder: **S**ave **O**ur **S**ouls - Rettet unsere Seelen!)

1906 erschütterte ein schreckliches Ereignis die Menschen auf der ganzen Welt:
San Francisco, damals die größte Stadt Kaliforniens, wurde durch ein Erdbeben zerstört.

Jesu Geburt

2 Es begab sich aber zu der Zeit, daß ein
Gebot von dem Kaiser Augustus ausging, daß alle Welt geschätzt würde.
2 Und diese Schätzung war die allererste
und geschah zur Zeit, da Quirinius Statthalter in Syrien war.

3 Und jedermann ging, daß er sich schätzen ließe, ein jeder in seine Stadt.
4 Da machte sich auf auch Josef aus Galiläa, aus der Stadt Nazareth, in das jüdische Land zur Stadt Davids, die da heißt Bethlehem, weil er aus dem Hause und Geschlechte Davids war,
5 damit er sich schätzen ließe mit Maria, seinem vertrauten Weibe; die war schwanger.

6 Und als sie dort waren, kam die Zeit, daß sie gebären sollte.
7 Und sie gebar ihren ersten Sohn und wickelte ihn in Windeln und legte ihn in eine Krippe; denn sie hatten sonst keinen Raum in der Herberge.

Anfang der Weihnachtsgeschichte nach Lukas, Kapitel 2, Vers 1-7

6 Mit Dietrich kam Sabine zur Welt. Die Zwillinge waren das sechste und siebente Kind von acht Geschwistern.

Dietrich mit seinen Geschwistern, 1908. Von rechts nach links: Karl-Friedrich, Walter, Klaus, Ursula, Christine, Dietrich, Sabine. Susanne war noch nicht geboren

Dietrichs Vater, Karl Bonhoeffer, war Professor für Psychiatrie und Neurologie. Er behandelte Leute, die Probleme mit ihrer seelischen Verfassung, mit ihren Stimmungen und Gefühlen und mit den Nerven hatten.

Karl Bonhoeffer, Dietrichs Vater

Als Dietrich sechs Jahre alt war, folgte sein Vater einem Ruf an die Universität in Berlin. Er übernahm dort den angesehensten Lehrstuhl in seinem Fach in Deutschland.

Dietrichs Mutter, Paula Bonhoeffer, geb. von Hase, hatte es durchgesetzt, eine Ausbildung als Lehrerin abzuschließen. Das war ungewöhnlich. Denn in ihren Kreisen bereiteten sich junge Frauen damals auf eine Heirat und die häuslichen und gesellschaftlichen Pflichten vor.

Beide Eltern hatten interessante Vorfahren. Die des Vaters waren aus den Niederlanden gekommen und lebten seit 1513 in Schwaben als Goldschmiede, Ratsherren, Theologen, Ärzte und Juristen.

Paula Bonhoeffer, Dietrichs Mutter

Die Mutter kam aus einer adligen preußischen Familie. Ihr Vater war zunächst Hofprediger des Kaisers und dann, wie schon sein Vater, Professor für Theologie. Ihre Mutter und deren Vorfahren hatten große künstlerische Begabungen in der Musik und in der Malerei.

Dietrichs Eltern waren in einer reichen geistigen Welt aufgewachsen und gaben sie an ihre Kinder weiter. Dazu gehörte, dass Festtage wie die Adventsonntage und Weihnachten oder Geburtstage und später auch die Hochzeiten wunderbar gestaltet und gefeiert wurden. Die Familie sang und musizierte. Gedichte wurden auswendig gelernt und aufgesagt. Man übte kleine Theaterstücke ein und führte sie auf.

Das Familienleben förderte die Geschwister, aber es forderte sie auch. Sonnabends fanden Hausmusikabende statt. Die Kinder zeigten, welche Fortschritte sie gemacht hatten. Alle bekamen Musikunterricht. Dietrich spielte auf dem Flügel. Bald schon begleitete er die anderen. Er war so begabt, dass die Familie annahm, er wolle Pianist werden. Manchmal komponierte er sogar.

Sonntagabends las der Vater manchmal vor. So lernten die Kinder früh große Werke der Literatur kennen, z.B. die Dichtung von Friedrich Schiller und Theodor Fontane.

Vorleseabend in der Familie Bonhoeffer

Das tägliche Leben verlief sehr geregelt. Die Eltern aßen gemeinsam mit den Kindern. Bei Tisch durften die Kinder nur dann sprechen, wenn sie gefragt wurden. Das war damals in vielen Familien so. Auf gute Tischmanieren wurde großer Wert gelegt. Vor dem Schlafengehen betete die Mutter mit den Kindern und sang die Abendchoräle mit ihnen. Dabei lernten sie diese Kirchenlieder auswendig.

Julie Bonhoeffer, Dietrichs Großmutter

In der Schule übersprangen die Geschwister einzelne Klassen. Sie legten deshalb früh das Abitur ab. Die älteren wurden zunächst von der Mutter zu Hause unterrichtet, zusammen mit Kindern von befreundeten Professoren. Die jüngeren bekamen eine Hauslehrerin. Den Religionsunterricht aber erteilte die Mutter selbst. Ihr lag daran, den Kindern eine gute christliche Erziehung zu geben. Sie sollten die Geschichten aus der Bibel und Kirchenlieder kennen. Zur Kirche allerdings ging die Familie fast nie.

Die Kinder wurden dazu erzogen, pflichtbewusst, bescheiden, ehrlich und hilfsbereit zu sein. Sie sollten auf die Gefühle und Bedürfnisse anderer Rücksicht nehmen. Über zerrissene Kleider oder zerbrochene Fensterscheiben wurde dagegen kein Wort verloren.

Dietrichs Mutter konnte sich den Kindern so intensiv widmen, weil sie viele Helferinnen hatte: Erzieherin, Hauslehrerin, Kindermädchen, Stubenmädchen, Köchin, dazu Wäscherinnen, Büglerinnen und Näherinnen. Sie führte ein offenes Haus. Viele Kollegen des Vaters, Freunde und Verwandte waren zu Gast. Die Großmutter Julie Bonhoeffer, die in Tübingen gelebt hatte, zog zu ihnen, als sie 82 Jahre alt war. Sie war die einzige von den Großeltern, die Dietrich kennen gelernt hat. Bis zuletzt nahm sie Anteil an allem, was er tat.

Das Leben unter den Geschwistern und mit den Kindern der befreundeten Kollegen war so abwechslungsreich und anregend, dass Dietrich in seiner Schulzeit keine engen Freundschaften schloss.

Bereits mit sieben Jahren besuchte Dietrich das humanistische Gymnasium. Er lernte dort die alten Sprachen Latein und Griechisch. Mit 17 Jahren schloss er die Schule mit den besten Noten ab - außer in Handschrift.

Im Grunewald-Gymnasium, 1920/21, Dietrich 3. von rechts

1913 kauften die Eltern für die Ferien ein sehr einfach eingerichtetes Haus in Friedrichsbrunn im Ostharz. Es gab nicht einmal Elektrizität. Hier baute Dietrich Höhlen, sammelte Beeren und Pilze und wanderte. Besonders gern spielte er Völkerball. Er blieb immer ein sehr guter Sportler.

Im Jahr darauf brach der **Erste Weltkrieg** aus. Dietrich war acht Jahre alt. Es dauerte nicht lange, bis die schrecklichen Nachrichten von Verwundeten und Gefallenen auch die Verwandtschaft betrafen.

Der Krieg überschattete das Leben der Familie. Dietrich und Sabine versuchten vor dem Einschlafen, sich das Totsein und das ewige Leben vorzustellen. Sie wollten nur an das Wort Ewigkeit denken.

Die beiden ältesten Brüder meldeten sich freiwillig zu den Soldaten. Ende April 1918 wurde Walter, der erst 18 Jahre alt war, verwundet und starb. Die Eltern waren gebrochen.

Der **Erste Weltkrieg** dauerte von 1914 bis 1918. Österreich und Serbien waren auf dem Balkan miteinander in Konflikt geraten. Deutschland ermutigte seinen Verbündeten Österreich zu hartem Vorgehen, statt mäßigend auf es einzuwirken. Russland trat für Serbien ein. Deutschland erklärte Russland und dessen Verbündetem Frankreich den Krieg. Als deutsche Soldaten über Belgien in Frankreich einfielen, verletzte Deutschland die belgische Neutralität. Da trat England, mit Belgien verbündet, auf der Seite von Frankreich und Russland in den Krieg ein. Die Engländer blockierten den Seeweg zu den deutschen Häfen. Damit schnitten sie Deutschland von Nahrungsmitteln und Rohstoffen ab, die aus anderen Ländern eingeführt werden sollten. Viele Menschen in Deutschland starben an Hunger und Krankheiten. Der Kampf an zwei Fronten - im Westen und im Osten - rieb die Mittelmächte Deutschland und Österreich auf, zu denen auch Bulgarien und die Türkei gehörten. Als deutsche U-Boote 1917 neutrale Schiffe versenkten, traten die Vereinigten Staaten auf der Gegenseite in den Krieg ein. Damit gewannen die Gegner Deutschlands die Überlegenheit, sodass Deutschland 1918 um Waffenstillstand bitten musste. 10 Millionen Menschen kamen ums Leben. 21 Millionen wurden verwundet. Der Friedensvertrag setzte die alleinige Schuld Deutschlands und der Mittelmächte an diesem Krieg fest.

1916 war die Familie in den Stadtteil Grunewald gezogen. Während der Kriegszeit wurde im Garten Gemüse angebaut, und Ziegen und Hühner wurden gehalten. Dietrich - der gern gut aß - kannte zum Erstaunen der anderen immer die Schwarzmarktpreise für Spezialitäten. Überhaupt genoss er die guten Seiten des Lebens. Seine Lebensfreude wurde immer wieder hervorgehoben.

In der Nachbarschaft wohnten andere Professorenfamilien. Unter den Kindern gab es viele Freundschaften. Obwohl Dietrich eigentlich zu den „Kleinen“ zählte, wuchs er doch in den Freundeskreis der älteren Geschwister hinein. Aus diesem Kreis gingen mehrere Ehen hervor: Klaus heiratete Emmi Delbrück, die Schwester seines Freundes Justus. Karl-Friedrich verheiratete sich mit Grete von Dohnanyi und Christine mit Hans von Dohnanyi. Sabine heiratete Gerhard Leibholz, der seit dem Konfirmandenunterricht zum Freundeskreis gehörte und aus einem jüdischen Elternhaus stammte. Später wurden fast alle Freunde politische Widerstandskämpfer und setzten ihre ganze Kraft dafür ein, Hitler zu stürzen.

Schon während der Konfirmandenzeit las Dietrich für sich Geschichten aus dem **Alten** und dem **Neuen Testament**. Zur Konfirmation erhielt er die **Bibel** seines gefallenen Bruders Walter, die ihn sein Leben lang begleitet hat. Es zeichnete sich bereits ab, dass er Pfarrer werden wollte. In der vorletzten Klasse des Gymnasiums, lernte er Hebräisch, die Sprache des Alten Testaments. Seine Brüder hielten nichts von dieser Berufswahl. Sie fanden die Kirche kleinbürgerlich, langweilig und schwächlich. Dietrich aber sagte: „Dann werde ich eben diese Kirche reformieren!“ (Das heißt, sie neu gestalten, erneuern.)

Die **Bibel** besteht aus dem **Alten** und dem **Neuen Testament**. Das Alte Testament ist ein Buch der Juden und Christen. Es berichtet davon, wie Gott an Israel gehandelt hat. Die fünf Bücher Mose, die am Anfang der Bibel stehen, bezeichnen die Juden als Tora (Thora). Sie enthalten das Gesetz des Mose. - Das Neue Testament, auf Griechisch geschrieben, berichtet über das Leben, Sterben und die Auferstehung von Jesus Christus. Am Anfang stehen die vier Evangelien: Matthäus, Markus, Lukas und Johannes. Evangelium heißt griechisch-lateinisch „gute Botschaft" und bezieht sich darauf, dass Jesus Christus für uns gestorben ist, damit wir leben. Diese Botschaft wird *Heilsbotschaft* genannt.

Dietrich begann sein Studium in einer unruhigen und schweren Zeit. Die Wirtschaft lag nach dem Krieg danieder. Das Geld verlor an Wert. Dazu kam, dass Deutschland den Siegern des Ersten Weltkriegs für ihre Verluste Ersatz leisten und so genannte *Reparationen* zahlen musste. Als Deutschland 1923 mit den Zahlungen in Verzug geriet, besetzten Franzosen und Belgier das Ruhrgebiet. Sie beschlagnahmten Geld, Kohle und Holz. Die deutsche Regierung musste die Menschen im besetzten Gebiet unterstützen und Kohle kaufen. Sie ließ viel Geld drucken, um ihren finanziellen Verpflichtungen nachzukommen. Da diesem Geld aber keine Gütermenge entsprach, war es nichts wert. Es kam zur *Inflation*, das heißt die Preise liefen den Löhnen und Gehältern davon.

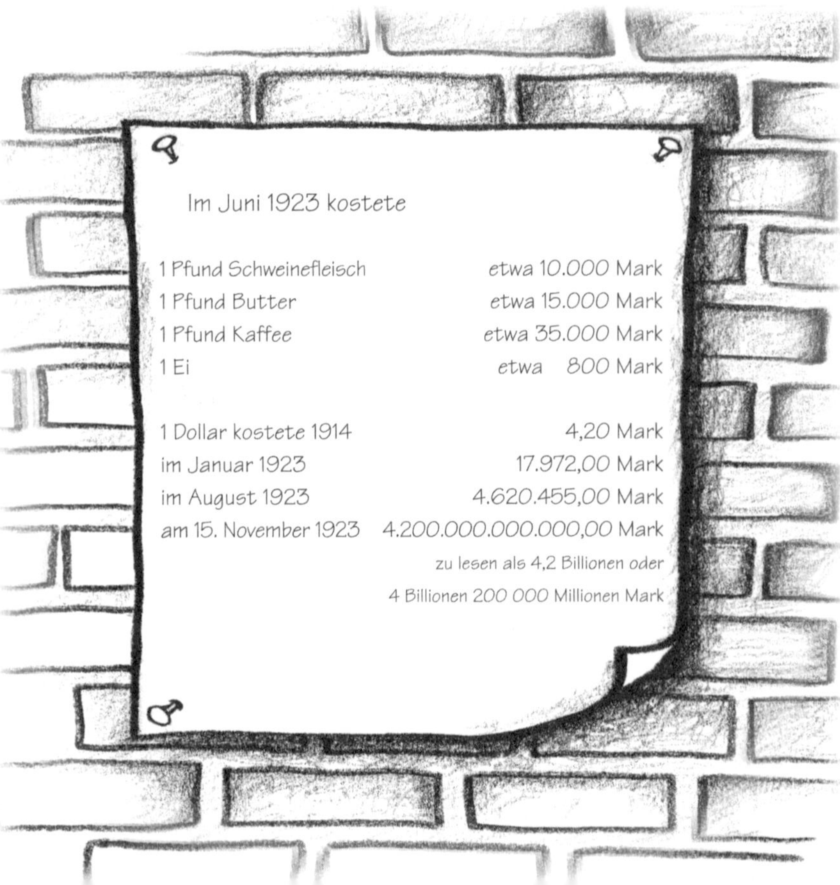

Im Juni 1923 kostete

1 Pfund Schweinefleisch	etwa 10.000 Mark
1 Pfund Butter	etwa 15.000 Mark
1 Pfund Kaffee	etwa 35.000 Mark
1 Ei	etwa 800 Mark
1 Dollar kostete 1914	4,20 Mark
im Januar 1923	17.972,00 Mark
im August 1923	4.620.455,00 Mark
am 15. November 1923	4.200.000.000.000,00 Mark

zu lesen als 4,2 Billionen oder
4 Billionen 200 000 Millionen Mark

Um Geld zu sparen, fuhr Dietrich mit Bummelzügen in der 4. Klasse von Berlin nach Tübingen, seinem Studienort. Die Reise dauerte 48 Stunden. Das Geld, das ihm seine Eltern schickten, war kaum noch etwas wert, wenn es bei ihm eintraf.

Wie viele Studenten damals trat Dietrich einer *Studentenverbindung* bei. Seine Verbindung hieß „Igel". Schon sein Vater hatte ihr angehört. Obwohl er erst 17 Jahre alt war, zog er die Aufmerksamkeit seiner Bundesbrüder auf sich. Sie bewunderten, wie er über Theologie, Philosophie und Musik sprach. Auch seine Weltoffenheit und sein Humor fielen ihnen auf. Dabei war er nicht eitel und vertrug Kritik. Dietrich war den anderen offensichtlich überlegen. Deshalb stellte die Verbindung keine wirkliche Herausforderung für ihn dar. 1935 trat er aus politischen Gründen aus dem „Igel" aus.

Dietrich als Student, um 1923

In seinen beiden Tübinger Semestern stürzte sich Dietrich ins Studium. Er belegte Vorlesungen und Seminare in Theologie und Philosophie. Zur Kirche aber ging er immer noch selten.

Mitten im Semester machte er bei den Ulmer Jägern eine Ausbildung als Soldat mit. Die Franzosen waren ins Ruhrgebiet einmarschiert. Man fürchtete, dass es auch im Osten zu Übergriffen kommen könne. Um abwehrbereit zu sein, sollten möglichst viele Studenten an militärischen Kurzübungen teilnehmen - ehe die Siegermächte darauf aufmerksam wurden, denn sie hatten die Heeresstärke in Deutschland auf 100.000 Mann begrenzt. Diese 14 Tage waren Dietrichs einzige militärische Erfahrung.

Rom, Peterskirche und Petersplatz, um 1920

1924 reiste Dietrich mit seinem älteren Bruder Klaus für einige Wochen nach Rom. Jetzt sah er die antiken Stätten, über die er im Lateinunterricht so viel gehört hatte! Seinen Reiseführer, den Baedeker, kannte er schon bei der Abfahrt auswendig.
Er nahm aber nicht nur die antike Welt in sich auf. In der Osterwoche erlebte er zum ersten Mal die katholische Kirche in ihrer Pracht und internationalen Weite. Die eigene evangelische Kirche kam ihm dagegen eng und provinziell vor. Die Frage: „Was ist die Kirche?" begann ihn zu beschäftigen. In seiner Doktorarbeit, die er mit 19 - ja, neunzehn! - Jahren zu schreiben begann, ging er diesem Problem nach.

In Rom hörte Dietrich für kurze Zeit Vorlesungen. Italienisch hatte er gelernt. Von Klaus ließ er sich dazu verleiten, nach Sizilien zu fahren. Ein Abstecher führte sie sogar nach Nordafrika.

Zum Sommersemester 1924 schrieb Dietrich sich an der Universität Berlin ein. An der theologischen Fakultät fand er interessante Professoren, große Gelehrte der Theologie. Er lernte viel. Aber er hatte auch keine Scheu, sich kritisch mit ihnen auseinanderzusetzen.

Gegen Ende des Jahres las Dietrich zum ersten Mal Schriften des Schweizer Theologen *Karl Barth*. Sie eröffneten ihm einen ganz neuen Blick auf seine Frage: Was macht die Kirche zur Kirche? Karl Barth kritisierte, dass die *Kirche keinen Abstand zur Gesellschaft gehalten,* sondern sich mit ihr vermischt hatte. Deshalb hatte es ihr an Kraft gefehlt, sich gegen den Krieg zu wenden. Auch die soziale Frage, die Frage nach Gerechtigkeit in der Gesellschaft, hatte die Kirche nicht gestellt. Um wieder glaubwürdig zu werden, so schrieb er, müsse sie sich auf den Willen Gottes besinnen, wie er in Jesus Christus und in der Bibel bezeugt ist. Die Kirche solle sich nicht einfach aus der Politik heraushalten, sondern Stellung zu den Fragen der Gesellschaft beziehen.

Karl Barth, 1886 - 1968

Der Titel von Dietrichs Doktorarbeit ist *Sanctorum Communio*. Das heißt Gemeinschaft der Heiligen. Damit sind die Christen gemeint. In dieser Gemeinschaft der Heiligen lebt „Christus als Gemeinde existierend". Deshalb hat sie ihren Ursprung nicht in der Welt. Dietrich hält aber fest, dass diese Gemeinschaft der Heiligen eine weltliche soziale Gestalt hat, nämlich die Kirche. Sie schwebt nicht über der Welt. Nicht nur der Abstand zur Welt ist also wichtig, sondern Christen sollen sich in der Welt verantwortlich zeigen. Dietrich trennt die Welt nicht in die Welt des Glaubens und in die übrige Welt. Frömmigkeit und verantwortliches Leben in der Welt gehören zusammen.
Als er für diese Arbeit den Doktortitel bekommt, ist er 21 Jahre alt.

Nach Dietrichs Examen erwartete die Familie, dass er weiter an der Universität arbeiten und einmal Professor werden würde. Aber Dietrich entschied sich, zunächst ins Vikariat zu gehen. Bei einem Pfarrer wollte er eine praktische Ausbildung machen.

Schon für das Examen brauchte er praktische kirchliche Erfahrung. Deshalb hatte er neben dem Studium eine Kindergottesdienstgruppe in der Berliner Grunewaldkirche geleitet und einen Jugendkreis. Er bereitete sich gründlich vor, lud die Kinder auch zum Spielen ein und machte Ausflüge mit ihnen. Mit den Jugendlichen besuchte er sogar Opern und Konzerte. Diese kirchliche Arbeit lag ihm sehr am Herzen.

Dietrich im Boot auf der Lesum bei Bremen, vermutlich 1926

Das Vikariat führte Dietrich 1928 nach Spanien. In Barcelona wurde er Vikar in der kleinen evangelischen Auslandsgemeinde. Um armen Menschen helfen zu können, bat er seinen Vater immer wieder um Geld - und bekam es auch. Neben seinen Pflichten fand er Zeit, die spanische Kultur kennen zu lernen. Die Kraft und die Eleganz von Stierkämpfen fesselten ihn. Auf Spanisch las er den *Don Quijote* von Cervantes, den berühmtesten spanischen Roman, der um 1600 entstand. Er kaufte sogar ein Bild von Pablo Picasso. Allerdings blieb unklar, ob es echt oder eine gelungene Fälschung war.

Die Gemeinde in Barcelona hätte Dietrich gern behalten. Aber er hatte bereits neue Pläne. Er wollte eine weitere wissenschaftliche Arbeit schreiben und die Universitätslaufbahn einschlagen. Für das Buch brauchte er ein Jahr. Es heißt *Akt und Sein*. Unter dem Druck der sich anbahnenden **Weltwirtschaftskrise** hatte Dietrich Schwierigkeiten, seine Doktorarbeit, *Sanctorum Communio*, zu veröffentlichen. Der Verlag verlangte über 1000 Reichsmark Druckkostenzuschuss. Die Veröffentlichung von *Akt und Sein* war einfacher, weil das Buch in einer wissenschaftlichen Reihe erschien.

Im Oktober 1929 brachen die Aktienkurse an der New Yorker Börse ein wie nie zuvor. Die Banken machten hohe Verluste. Da sie schon damals mit Banken in anderen Ländern verbunden waren, kam es zur **Weltwirtschaftskrise**. Besonders gefährdet war Deutschland. Es hatte Kredite von Amerika bekommen, das heißt Geld, das es mit Zinsen zurückzahlen musste. Deutschland hatte aber kein Geld und konnte nur Waren liefern. Doch die USA waren nicht bereit, Güter anzunehmen. Als ihre Banken in Schwierigkeiten gerieten, forderten sie das ausstehende Geld zurück. Die deutsche Wirtschaft geriet in eine schwere Krise, zumal auch die Reparationen zu bezahlen waren. Bis 1932 verdoppelte sich die Zahl der Arbeitslosen in Deutschland auf 6 Millionen.

Deutschland war nicht nur wirtschaftlich, es war auch politisch gefährdet. Nach dem Ersten Weltkrieg blieben die Verhältnisse in Deutschland unruhig. Der Kaiser hatte abgedankt. Deutschland war eine demokratische Republik geworden: Vom Volk gewählte Vertreter bildeten die Regierung. Viele Menschen sahen die Schuldigen für den verlorenen Krieg in der Regierung, die Deutschland im Friedensvertrag angeblich „ausverkauft“ hatte. Auch den Juden wurde die Schuld angelastet. Die schlechte wirtschaftliche Lage verstärkte die Unruhe. Die Menschen wurden anfällig für Propaganda: Ihre politischen Vorstellungen wurden massiv beeinflusst durch Ideen, die über Zeitung und Radio verbreitet wurden. Extreme politische Gruppierungen nutzten das aus. Der „Stahlhelm“, Deutschnationale und Nationalsozialisten auf der einen und Kommunisten auf der anderen Seite hetzten die Menschen auf.

Dietrich war damals Assistent an der Universität. Er war so stark mit seiner theologischen Arbeit beschäftigt, dass er die politische Entwicklung kaum verfolgte. Schon drei Jahre später allerdings, als sich die Lage immer stärker zuspitzte, bedauerte er das. Von da an nahm er die politischen Veränderungen nicht nur mit wachem Interesse auf, sondern bezog selbst Stellung dazu.

Dietrich in New York, September 1930

1930 hielt er seine Antrittsvorlesung. Mit 24 Jahren war er der jüngste Privatdozent der theologischen Fakultät. Für die Ordination, die Einsetzung als Pfarrer, war er dagegen noch zu jung. Um die Zeit zu überbrücken, nutzte er die Gelegenheit, für ein Jahr am *Union Theological Seminary* in New York zu studieren.

New York! Eine neue Welt eröffnete sich ihm. Von New York mit seinen Wolkenkratzern war er fasziniert. Aber er sah auch das Elend, das die hohe Arbeitslosigkeit nach der Weltwirtschaftskrise von 1929 mit sich brachte. Das *Union Theological Seminary* liegt nahe bei Harlem, dem **Getto**, in dem viele Schwarze auf engstem Raum wohnen. Frank Fisher, ein schwarzer Student, nahm ihn oft dorthin mit zur Kirche. Er erlebte eine lebendige Gemeinde mit bewegenden Gottesdiensten. Die **Gospel Songs** berührten ihn stark. Dietrich wurde Mitarbeiter in der Sonntagsschule dieser Kirche und lernte das Leben im Getto aus eigener Anschauung kennen. Er schrieb, dort habe er das Evangelium predigen gehört. Seine befreiende Kraft im Leben der Armen und Unterdrückten habe ihn mitgerissen. Er sagte sogar: „Ich kam zum ersten Mal zur Bibel“ - obwohl er doch schon selbst gepredigt und viel über die Kirche nachgedacht hatte! Neben den Gottesdiensten zogen ihn die Gebets- und Singstunden der Schwarzen magisch an.

Auch in Amerika ließ Dietrich sich zu Reiseabenteuern hinreißen. Er fuhr über Weihnachten nach Kuba. Als er am Ende seiner New Yorker Zeit mit dem Auto Mexiko besuchen wollte, fiel er zunächst zweimal durch die Fahrprüfung, denn - er hatte kein Bestechungsgeld gezahlt, um den Führerschein zu bekommen!

Am *Union Theological Seminary* fand er vier Freunde.
Von Frank Fisher, der ihn mit nach Harlem nahm, habt ihr gerade gehört.
Auch Paul Lehmann war Amerikaner. Er fühlte sich von Dietrichs grenzenloser Neugier und seinem Humor angezogen. Paul hätte es am liebsten gesehen, wenn Dietrich in den USA Professor geworden wäre.
Erwin Sutz war Schweizer. Durch seine Vermittlung konnte Dietrich vor der Rückkehr nach Berlin zwei Wochen in Bonn bei Karl Barth studieren, der ihn theologisch so beeindruckt hatte.
Jean Lasserre war Franzose. Er nahm Vers 9 der *Bergpredigt* (Matthäus 5) ganz ernst: „Selig sind die, die Frieden stiften; denn sie werden Gottes Kinder genannt werden." Jean war **Pazifist**.

Offenbar unter seinem Einfluss schrieb Dietrich: In den verschiedenen Völkern gibt es Christen. Sie alle bilden das eine Volk Gottes. Nationalismus, Rassen- oder Klassenhass können nichts ausrichten, wenn die Christen eins sind.
Das war damals für einen Deutschen ein ungewöhnlicher Gedanke.

Die Freunde: links Dietrich, von rechts Erwin Sutz, Paul und Marion Lehmann

Das eine Volk Gottes! Dietrich fand es im studentischen „Christlichen Verein Junger Männer" in New York, dessen Mitglieder aus 97 verschiedenen Nationen kamen!

Dietrich lernte auch auf sozialem Gebiet. Zum Beispiel von den amerikanischen Studenten, die mit großem Einsatz Arbeitslosen halfen. Nach seiner Rückkehr nach Berlin setzte er sich mit seinen Studenten auch für Arbeitslose ein.

In Deutschland erwarteten ihn neue Aufgaben. Als Privatdozent hielt er ab 1931 an der Universität Vorlesungen und Seminare. Gleichzeitig war er Studentenpfarrer an der Technischen Universität in Berlin. Die Kirche setzte ihn in einer sehr schwierigen Konfirmandengruppe ein.

Die Anfänge der weltweiten **ökumenischen Bewegung** begeisterten ihn. Er nahm das Amt eines Jugendsekretärs des Weltbundes der Kirchen an und musste viel reisen.

Dietrichs Konfirmanden kamen aus dem Wedding. „Das ist so ungefähr die tollste Gegend von Berlin mit den schwierigsten sozialen und politischen Verhältnissen," schrieb er an Erwin Sutz. Vielleicht hat seine Erfahrung in Harlem ihm geholfen - jedenfalls gewann er die 50 Jungen ganz schnell für sich.

Er zog aus dem Elternhaus aus in ein Zimmer in ihrer Gegend. Die Konfirmanden durften an seinen freien Abenden zu ihm kommen. Er brachte ihnen Englisch bei und das Schachspiel.

Dietrich mit Konfirmanden im Harz, 1932

Zu Weihnachten packte er für jeden ein Päckchen. Er kaufte ihnen den Stoff für die Konfirmationsanzüge. Nach der Konfirmation fuhr er auf seine Kosten mit einem Teil der Gruppe sogar nach Friedrichsbrunn ins Ferienhaus der Eltern.

Dietrich hatte im Herbst 1932 eine Jugendstube eröffnet. Dort sollten sich arbeitslose Jugendliche, gleich welcher Religion oder Partei, auf einen Beruf vorbereiten können. Sie fand guten Zulauf. Trotzdem bestand sie nur für kurze Zeit. Schon bald nämlich wurden die **kommunistischen** Jugendlichen aus der Jugendstube verfolgt. Dietrich konnte sie für einige Zeit in einer Hütte bei Berlin verstecken, die er gebaut hatte. Doch die Jugendstube musste er schließen. Was war geschehen?

Unter dem Druck von Arbeitslosigkeit und Armut hatten die radikalen Parteien in Deutschland immer mehr Anhänger gefunden, weil sie versprachen, diese Probleme zu lösen. Der rechtmäßigen Regierung dagegen trauten viele Menschen eine Veränderung der bedrückenden Lage nicht zu. Sie sahen nicht, dass die Radikalen die Demokratie zerstören und die demokratischen Rechte des Einzelnen missachten würden. Zu den radikalen Parteien gehörten die Kommunisten (bis zu 17 % der Stimmen) und die **Nationalsozialisten** (etwa doppelt so viele Stimmen), die sich auf offener Straße bekämpften.

In dieser politisch brisanten Lage hatte es am 30. Januar 1933 Adolf Hitler, der Führer der **Nationalsozialistischen Deutschen Arbeiterpartei (NSDAP)**, erreicht, zum Reichskanzler ernannt zu werden. Er versprach eine politische, wirtschaftliche und soziale Neuordnung. Das klang gut. Aber was stellte er sich darunter vor? Den meisten Menschen war das nicht klar, als sie ihm zujubelten. Ihnen lag nach den unruhigen Zeiten nur daran, endlich wieder in stabilen Verhältnissen zu leben.

Die **NSDAP**, deren Mitglieder **Nationalsozialisten** oder Nazis heißen, war extrem nationalistisch. Sie wollte Deutschland über die bestehenden Grenzen ausdehnen - womit der nächste Krieg absehbar war. Sie wollte aus der demokratischen Republik mit mehreren Parteien und einer gewählten Regierung einen Einparteien- und Führerstaat machen. Das Christentum sollte durch die Weltanschauung der NSDAP ersetzt werden. Ganz verhängnisvoll war ihre Rassentheorie, die behauptete, dass die menschlichen Rassen unterschiedlichen Wert hätten. Die eigene Rasse, die der Arier, sollte sich rein erhalten und Angehörige anderer Rassen unterdrücken und sogar ausrotten. Das richtete sich vor allem gegen die Juden. Aber auch die Kommunisten und andere politische Gegner wurden von Anfang an verfolgt. Die Nazis errichteten Konzentrationslager, in denen sie Millionen von Menschen ermordeten, darunter 6 Millionen Juden. 1939 begannen sie den Zweiten Weltkrieg.

Hitler ging gezielt vor. Er führte neue Gesetze ein, angeblich um die politische Lage kontrollieren zu können. Tatsächlich aber baute er den demokratischen Staat ab und festigte seine eigene Macht. Schon im März 1933 - also nur wenige Wochen nach seiner Machtergreifung - wurden politische Gegner in die ersten Konzentrationslager geschafft. Viele wurden dort erschlagen oder erschossen. Von April an sollte in jüdischen Geschäften nicht mehr eingekauft werden. Im Mai wurden öffentlich Bücher von unliebsamen Schriftstellern und Wissenschaftlern verbrannt, z.B. von Thomas Mann, Heinrich Mann und Albert Einstein. In unglaublichem Tempo wurden alle Lebensbereiche - Politik, Presse, Kultur, Wissenschaften, Kirche, Recht - dem nationalsozialistischen Regime unterworfen.

Anders als die meisten Deutschen merkte Dietrich sofort, wie gefährlich diese neue Regierung war. Schon am 1. Februar hielt er einen Vortrag im Radio, in dem er davor warnte, dass *der Führer* - gemeint war Hitler - leicht zum *Verführer* werden kann. Doch - mittendrin wurde die Sendung einfach abgeschaltet! So stark war Hitlers Einfluss schon zwei Tage nach seiner Ernennung zum Reichskanzler!

Auch bei einem Vortrag vor Pfarrern im April riefen Dietrichs Äußerungen Abwehr hervor. Er forderte nämlich: Die Kirche muss zu politischem Widerstand bereit sein. Sie darf sich nicht aus der Politik heraushalten, wenn der Staat grundlegende Menschenrechte außer Kraft setzt. Sie muss den Opfern der Politik helfen. Der Politik selbst müssen Grenzen gesetzt werden. Dietrichs Bild dafür war, „nicht nur die Opfer unter dem Rad zu verbinden, sondern dem Rad selbst in die Speichen zu fallen". Solche Einmischung in die Politik aber war den meisten Pfarrern in Deutschland ganz fremd. Ihrer Meinung nach sollte sich die Kirche aus den Staatsangelegenheiten ganz heraushalten.

Obwohl viele so dachten, bezeichneten sich in den Gemeinden und unter den Pfarrern immer mehr Menschen als „Deutsche Christen". Sie unterstützten Hitler vorbehaltlos. Selbst den „Arierparagraphen" übernahmen sie für die Kirche. Diese staatliche Verordnung besagte, dass entsprechend der nationalsozialistischen Ideologie nur Arier, also Angehörige der so genannten nordischen Rasse, im Staatsdienst tätig sein durften. Auf die Kirche angewandt hieß das: Pfarrer, die jüdische Vorfahren hatten, durften ihr Amt nicht mehr ausüben.

Dietrich hatte im Studium einen Freund gefunden, Franz Hildebrandt. Franz war „Judenchrist“, ein Christ jüdischer Abstammung, und konnte daher nun keine Pfarrstelle bekommen. Daraufhin verzichtete Dietrich auf seine eigene Stelle. Er fragte sich sogar, ob er in dieser Kirche noch bleiben könne. Denn eine Kirche, die den Arierparagraphen eingeführt hatte, hörte nach seiner Überzeugung auf, christliche Kirche zu sein. Die christliche Kirche müsse festhalten: Wo „Jude und Deutscher zusammen unter dem Wort Gottes stehen, ist Kirche.“

Franz Hildebrandt

Der „Pfarrernotbund", dem 6.000 Pfarrer beitraten, wendete sich gegen den Arierparagraphen. Dietrich hatte diesen Zusammenschluss mit einem Kollegen, Martin Niemöller, gegründet. Er schlug vor, alle Pfarrer sollten streiken und keine Beerdigungen mehr halten. Das aber ging den anderen zu weit. Auch sein Vorschlag, aus der unchristlichen Kirche auszutreten, fand kein Gehör. Dietrich fühlte sich isoliert und einsam. Deshalb nahm er im Herbst 1933 das Auslandspfarramt für zwei deutsche Gemeinden in London an. Er wollte sich diese Stelle mit Franz Hildebrandt teilen.

Dietrichs Kirche in London-Sydenham

Dietrich brauchte den Abstand von Deutschland, um seine Haltung zur Kirche zu prüfen. Er wollte auch versuchen, die Ökumene dafür zu gewinnen, auf die deutsche Kirche Einfluss zu nehmen.

Woran aber orientierte er sich bei der Beurteilung der Lage? Wie verantwortete er seine Entscheidungen?
Nach seiner Studienzeit in New York war Dietrich immer deutlicher geworden, dass er **Jesus Christus dienen** wollte. Er hatte angefangen, täglich intensiv über eine Bibelstelle nachzudenken - sie zu meditieren - und regelmäßig zur Kirche zu gehen. Mit der **Hingabe an Jesus Christus**, der seinem Leben den Mittelpunkt gab, hatte er ein **Maß** gewonnen, um die Kirche zu beurteilen: Handelt und verkündigt die Kirche so, dass sie Jesus Christus nachfolgt, wie er in der Bibel bezeugt ist? Nach dieser Richtschnur konnte er auch die Handlungen des Staates einordnen. Diese Ausrichtung **an der Wahrheit**, wie sie uns in **Jesus Christus** begegnet, bestimmte seine Entscheidungen.

Von London aus verfolgte Dietrich gespannt die Entwicklung in der deutschen evangelischen Kirche. Was er kaum mehr gehofft hatte, geschah 1934: Viele Menschen, die gegen die „Deutschen Christen" und deren blinde Unterstützung der Nazis waren, schlossen sich zur „Bekennenden Kirche" zusammen - das heißt, dass sie Jesus Christus bekennen und entsprechend handeln wollten. Sie waren empört, dass die Deutschen Christen das Alte Testament als „jüdisches Buch" ansahen und abschaffen wollten. Sie waren empört, dass sie Jesus Christus, den Gekreuzigten und Auferstandenen, zum „heldischen Jesus" machen wollten. Sie waren empört, dass die Kirche ihre Eigenständigkeit verlor: Zum Beispiel wurden die evangelischen Jugendverbände einfach der Hitlerjugend eingegliedert. Sie waren empört, dass das, was die Kirchenleitung tat, nicht mehr in kirchlichen Zeitschriften diskutiert werden durfte.

Bei einem Treffen in Barmen/Wuppertal im Jahr 1934 verabschiedeten die Vertreter der Bekennenden Kirche die so genannte *Barmer Theologische Erklärung*. Sie ist bis heute berühmt - weit über Deutschlands Grenzen hinaus, denn sie hält fest, was für Christen, die an Gott glauben, grundlegend ist.

In der *Barmer Theologischen Erklärung* heißt es: „Jesus Christus, wie er uns in der Heiligen Schrift bezeugt wird, ist das eine Wort Gottes, dem wir im Leben und im Sterben zu vertrauen und zu gehorchen haben." Das bedeutet: Die Grundlage der Kirche und des Glaubens ist Jesus Christus. In der Bibel finden wir alles, was wir über ihn wissen müssen. Wenn ein Führer oder eine Partei das Vertrauen auf Jesus Christus verächtlich macht oder sogar für sich beansprucht, müssen wir Widerstand leisten.

Dietrich war sehr froh über die *Barmer Theologische Erklärung*. Sie versetzte der nationalsozialistischen Propaganda einen Schlag. Jetzt wollte Dietrich erreichen, dass die Ökumene die Bekennende Kirche anerkannte und nicht mehr die Reichskirche. Aber dazu kam es nie, obwohl er einen starken Verbündeten gewonnen hatte: den Bischof von Chichester in England, George Bell, Präsident des Weltrates für Praktisches Christentum.

George Bell, Bischof von Chichester

Vielmehr gab es Konflikte, als Dietrich - in seiner Stellung als Jugendsekretär - für Jugendkonferenzen der Ökumene nur Vertreter aus der Bekennenden Kirche auswählte. Daraufhin legte er seine Ämter in der Ökumene nieder.

Genau wie Karl Barth sah Dietrich deutlich ein Problem in der Bekennenden Kirche. Sie nahm zu politischen Ereignissen nicht Stellung, sondern konzentrierte sich ganz auf die Aufgaben im kirchlichen Bereich. Er selbst aber erlebte das Elend der Emigranten in London. Das waren Menschen, die aus religiösen oder politischen Gründen oder als rassisch Verfolgte aus Deutschland geflohen waren. Sollten sie in der Kirche keinen Fürsprecher haben? Dabei heißt es doch in der Bibel: „Tue deinen Mund auf für die Stummen!" (Sprüche 31,8)

Dem Kirchlichen Außenamt entging es nicht, dass Dietrich George Bell und andere über die Lage in Deutschland informierte. Jeden Tag telefonierte er mit Freunden und Verwandten in Berlin, die sehr gut über die politischen und kirchlichen Entwicklungen unterrichtet waren. Die kirchlichen Stellen versuchten, Dietrich zum Schweigen zu bringen. Sie drohten, er könne des Hochverrats angeklagt werden. Tatsächlich galt es als Hochverrat, wenn ein Pfarrer Informationen über Kirchenangelegenheiten an Ausländer weitergab. Doch Dietrich ließ sich nicht einschüchtern.

Seine Telefonrechnungen stiegen in schwindelnde Höhen. Sein englisches Postamt setzte daraufhin die zu zahlende Summe stillschweigend auf einen bezahlbaren Betrag herab.

1935 kehrte Dietrich nach Deutschland zurück. Die Bekennende Kirche hatte beschlossen, ihre Vikare selbst auszubilden. Predigerseminare wurden gegründet. Schon Ende des Jahres wurden sie aber vom Kirchenminister für gesetzwidrig erklärt. Die Seminare arbeiteten von da an illegal, ohne gesetzliche Genehmigung. Dietrich sollte das Predigerseminar auf dem Zingsthof bei Zingst an der Ostsee leiten, das im Laufe des Sommers nach Finkenwalde (hinter Stettin) umziehen musste. Er war kaum älter als die Mitglieder seines ersten Kurses.

Dietrich auf dem Zingsthof

Jetzt endlich hatte Dietrich das Gefühl, die richtige Aufgabe gefunden zu haben. Er dachte mit den jungen Männern über die Frage nach: Was ist Nachfolge? Wie verkündigen und handeln wir so, dass wir darin **Jesus Christus nachfolgen**, wie er in der Bibel bezeugt ist? Im praktischen Leben dieser Gruppe hieß das: Wir leben in der Gemeinschaft und teilen unseren Besitz. Das waren im Wesentlichen natürlich Dietrichs Sachen und sein Geld. 1937 erschien Dietrichs Buch *Nachfolge*, das aus den Vorlesungen im Predigerseminar hervorgegangen war. 1939 wurde sein Buch *Gemeinsames Leben* veröffentlicht. Es beschreibt, wie die Frömmigkeit im Predigerseminar gelebt wurde. Dietrich ging es nicht um klösterliche Abgeschiedenheit in einer politisch bedrängenden Situation, sondern um die Vorbereitung für den Dienst im öffentlichen Leben.

Das Predigerseminar in Finkenwalde

40 **V**iele Menschen fanden, Dietrich sei radikal. Er wurde heftig kritisiert. Man warf ihm vor, er verbreite Irrlehren. Manche sahen ihn dem Katholizismus zuneigen oder in „Möncherei“ verfallen. Manche verargten es ihm, dass er auch alttestamentliche Bibelarbeiten machte. Vor allem aber verstanden sie nicht, dass er immer wieder fragte: Was ist die wahre Kirche?

Diese Frage blieb dringlich, denn von 1935 an vereinnahmte der Staat durch seine skrupellose Kirchenpolitik die Bekennende Kirche. Aus der Bekennenden Kirche wurde jetzt die „Bekenntnis*bewegung*“. Sie verstand sich also nicht mehr als Kirche, sondern bloß noch als *eine* Strömung unter anderen innerhalb der großen evangelischen Kirche in Deutschland. Diejenigen, die das nicht mitmachten und an der Bekennenden Kirche festhielten, wurden abwertend „Bekenntnisfront“ genannt.

Dietrich ließ sich von den Anfeindungen wenig beeindrucken. Er hatte seine Position gründlich durchdacht. Aber er stellte es den Vikaren frei zu gehen. Die evangelische Kirche war bereit, sie aufzunehmen. Davon machten in der ganzen Zeit nur wenige Kandidaten Gebrauch - obwohl sie in der Bekennenden Kirche keine feste Anstellung mit geregeltem Gehalt und Altersversorgung erwarten konnten und damit rechnen mussten, ihr Pfarramt „illegal“ auszuüben.

Im Predigerseminar war der Tageslauf mit Andachten, Arbeit und Mahlzeiten sehr geregelt. Bei schönem Wetter aber brach Dietrich zum Erstaunen der Seminaristen manchmal mit ihnen zum Ostsee-Strand auf und verbrachte dort den Tag mit Sport und Spielen. Es gab auch Zeiten zum Musizieren, zum Vorlesen von guter Literatur und zum Diskutieren. Diskutiert werden musste z.B. die Frage, ob ein Christ Pazifist sein könne - was Dietrich bejahte. Das war den meisten Vikaren fremd. Sie waren im Gegenteil bereit, sich als Reserveoffiziere zu melden, als Hitler das neue Wehrgesetz verkündete. Das entsprach der üblichen Auffassung: Man muss dem Vaterland mit der Waffe dienen. Kriegsdienstverweigerer - die es kaum gab - wurden vor das Kriegsgericht gestellt.

Zweiter Finkenwalder Kurs, 1936

1937 schloss die *Gestapo*, die Geheime Staatspolizei, das Seminar. Das war eine der vielen Maßnahmen, um die Reste der Bekennenden Kirche zu zerstören. Ende 1937 waren über 800 Pfarrer und andere Angehörige der Bekennenden Kirche verhaftet worden. Einige wurden sogar in Konzentrationslager gebracht. Als Grund genügte es, im Gottesdienst für die zu beten, die verhaftet worden waren, denn solche Fürbitte war verboten.

Dietrich setzte die Arbeit in so genannten Sammelvikariaten fort, die natürlich illegal waren. Die Woche über unterrichtete er die von den Pfarrern freigestellten Vikare in leer stehenden Häusern. Es wurde eine unruhige Zeit, nicht geeignet dazu, neue theologische Gedanken gründlich zu entwickeln. Dietrich vermisste das. Auch in seinem persönlichen Leben nahm er Einschränkungen auf sich. Es klingt wehmütig, wenn er nach der Hochzeit seines französischen Freundes Jean Lasserre schreibt: „Unsereiner kann sich das noch nicht erlauben. Dazu ist das Leben zu nomadenhaft." Tatsächlich hatte er seine Freundschaft mit einer Theologin der Bekennenden Kirche aus diesen Gründen abgebrochen.

Schon 1936 hatte Dietrich die Gewalt des Staates erfahren. Er hatte es dank seiner ökumenischen Verbindungen geschafft, mit einem Kurs nach Schweden zu fahren. Die dortige Presse hatte ausführlich davon berichtet. Das war den staatlichen Stellen in Deutschland nicht lieb. Das Kirchliche Außenamt warf ihm vor, Pazifist und Staatsfeind zu sein. Als er zurückkam, entzog ihm der Kultusminister die Erlaubnis, weiterhin an der Universität zu unterrichten.

Das Predigerseminar bei der Ankunft in Stockholm, 1936

Zwei Jahre später wurde Dietrich verboten, zur Besprechung von kirchlichen Angelegenheiten nach Berlin zu fahren. Er konnte aber wenigstens noch seine Eltern besuchen. Das war ihm auch deshalb wichtig, weil er dort über seine Brüder und Schwäger die neuesten politischen Nachrichten erhielt.

Dietrich sah mit größter Besorgnis, dass die Bekennende Kirche nichts gegen das Unrecht tat, das sich im Staat ausbreitete. Selbst nach der so genannten *Reichskristallnacht* vom 9. November 1938 schwieg sie. In dieser Nacht zündeten nationalsozialistische Schlägertrupps die Synagogen, die Gotteshäuser der Juden, im ganzen Land an. Sie zerstörten jüdische Geschäfte und schlugen die Schaufensterscheiben ein (deshalb die Bezeichnung *Kristall*nacht). Sie ermordeten viele Menschen. 35.000 Juden wurden in dieser Nacht in Konzentrationslager gebracht.

44 **D**ietrich fragte sich, ob die Christen, die dazu nichts sagten, nicht zu Mittätern würden. In seiner Bibel unterstrich er einen Vers aus Psalm 74: „Sie verbrennen alle Häuser Gottes im Lande" und schrieb daneben: 9.11.38. In diesen Tagen soll er gesagt haben:

Brennende Synagoge in Bamberg am 9.11.1938 (Reichskristallnacht)

„Nur wer für die Juden schreit, darf auch gregorianisch singen." Er meinte damit: Nur wer für die Juden Partei ergreift, darf sich im Gottesdienst darauf konzentrieren, die anspruchsvollen gregorianischen Choräle zu singen.

Ehe die Pässe von Juden mit einem J (für Jude) gestempelt und die Zusatznamen „Israel" (für Männer) und „Sarah" (für Frauen) gegen Gebühr darin eingetragen wurden, emigrierte Dietrichs Zwillingsschwester Sabine mit ihrem Mann Gerhard Leibholz, der „Judenchrist" war, und ihren beiden Kindern nach England. Ihr Schwager Hans von Dohnanyi hatte sie rechtzeitig warnen können.

Hans, der mit Dietrichs Schwester Christine verheiratet war, führte eine „Skandalchronik", in der er die Verbrechen der Nazis festhielt. Aufgrund seiner Tätigkeit im Justizministerium war er immer sehr gut informiert. Er war es auch, der Dietrich in den Plan einweihte, das Militär gegen Hitler aufzuwiegeln. Er arbeitete zusammen mit Hans Oster vom militärischen Geheimdienst, der so genannten Abwehr unter der Leitung von Admiral Canaris. Diese Gruppe unternahm verschiedene Umsturzversuche, die aber alle scheiterten. Jetzt war Dietrich Mitwisser bei der Verschwörung. Darauf allein stand schon die Todesstrafe.

Hans von Dohnanyi

Dietrich gelang es, der Einberufung zur Wehrmacht zu entgehen. Seine amerikanischen Freunde hatten ihm nämlich eine Einladung verschafft, in New York und an anderen Orten Vorlesungen zu halten. Darüber war er sehr froh. Die Weigerung, Kriegsdienst zu leisten, galt als feindliche Einstellung gegenüber dem Staat. Damit hätte er seiner Kirche sehr geschadet - von den Folgen für ihn selbst ganz abgesehen. Dietrich reiste also wieder nach Amerika, blieb aber nur wenige Wochen. Er konnte die Unruhe nicht überwinden, die ihn ergriffen hatte. Deutschland steuerte auf den Zweiten Weltkrieg zu. Sollte er sich da in Sicherheit befinden? Als er ein geheimes Signal bekam, dass der Krieg bevorstehe, entschied er sich für die umgehende Rückkehr. Mit dem letzten Schiff vor Kriegsausbruch reiste er nach Europa zurück.

Dietrich auf der Rückreise von New York auf Zwischenstation in London, 1939

Dietrich begründete seine Entscheidung so: Nach dem Krieg wird das christliche Leben in Deutschland wieder aufgebaut werden. Ich werde kein Recht haben, mich daran zu beteiligen, wenn ich die schwierigen Zeiten nicht mit meinem Volk durchlebe. Die Christen in Deutschland befinden sich in einer tragischen Situation. Denn ihnen bleibt nur eine schreckliche Wahl: Entweder sind sie dafür, dass ihr Land den Krieg verliert, damit die christliche Kultur weiterleben kann. Oder sie sind für den Sieg ihrer Nation und zerstören damit die Zivilisation.

Am 1. September 1939 fing Deutschland den Zweiten Weltkrieg an. Deutsche Soldaten fielen in Polen ein. Dietrich setzte die Arbeit in den Sammelvikariaten fort, bis sie 1940 durch die Gestapo beendet wurde. Als er für Studenten eine Bibelstunde hielt, wurde ihm wegen „volkszersetzender Tätigkeit" ein Redeverbot für das gesamte Reich erteilt (das so genannte „Reichsredeverbot"), und er musste sich regelmäßig an seinem Wohnort melden.

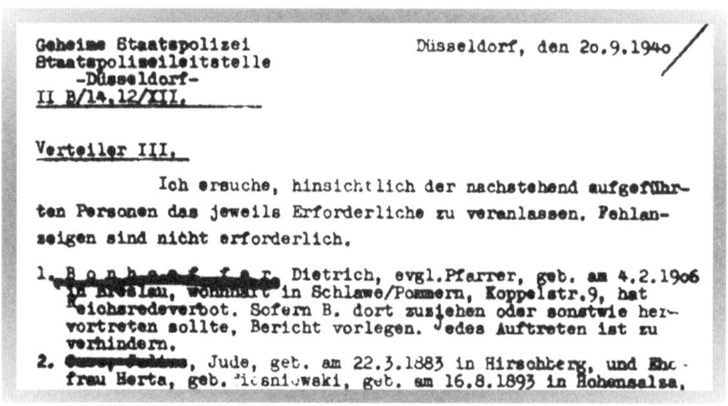

Geheime Staatspolizei
Staatspolizeileitstelle
-Düsseldorf-
II B/14.12/XII.

Düsseldorf, den 20.9.1940

Verteiler III.

Ich ersuche, hinsichtlich der nachstehend aufgeführten Personen das jeweils Erforderliche zu veranlassen. Fehlanzeigen sind nicht erforderlich.

1. ~~B o n h o e f f e r~~, Dietrich, evgl.Pfarrer, geb. am 4.2.1906 ~~in Breslau, wohnhaft~~ in Schlawe/Pommern, Koppelstr.9, hat Reichsredeverbot. Sofern B. dort zuziehen oder sonstwie hervortreten sollte, Bericht vorlegen. Jedes Auftreten ist zu verhindern.
2. [redacted], Jude, geb. am 22.3.1883 in Hirschberg, und Ehefrau Herta, geb. [illegible]sniewski, geb. am 16.8.1893 in Hohensalza,

Dokument der Geheimen Staatspolizei (Gestapo), 1940. Dietrich steht unter dem Reichsredeverbot

In dieser Notlage kam ihm die militärische Abwehrorganisation des Admirals Canaris zu Hilfe. Sie erklärte, er werde in der Spionageabwehr gebraucht. Dagegen konnte die Polizei nichts ausrichten. Dietrich wurde als Abwehrmann in München eingesetzt, möglichst weit weg von Pommern. Damit trat er aktiv in den Kreis des militärischen Widerstands gegen Hitler ein.

Die Verschwörer bemühten sich, insgeheim mit den feindlichen Ländern im Westen Kontakt aufzunehmen. Sie wollten einen Friedensschluss nach dem Umsturz vorbereiten. Die Bedingung der Westmächte für Friedensverhandlungen war, dass Hitler vorher beseitigt werden müsse. Die Widerstandskämpfer mussten sich fragen, ob sie einen Diktator, der vor den schlimmsten Verbrechen nicht zurückschreckte, töten durften, um viele Menschen und ihr Land zu retten. Die Entscheidung drängte. In Polen hatte die **SS** furchtbare Gräueltaten gegen die Bevölkerung und die Juden begangen. Jetzt stand der Einmarsch in Holland bevor. Dort waren ähnliche Gewalttaten zu befürchten.

Oberst Hans Oster (ab 1943 Generalmajor)

Dietrich wusste, dass die Widerstandskämpfer bei der deutschen Bevölkerung kaum Verständnis für ihr Handeln erwarten konnten. Hans Oster wollte z.B. den Holländern den Angriffstermin der Deutschen mitteilen. Das war Verrat. Für ihn aber war es die wahre Vaterlandsliebe. Deutschland sollte nicht mit weiteren entsetzlichen Verbrechen belastet werden. Auch Dietrich sah das als verantwortliches Handeln an. Mit dieser Entscheidung aber, das war ihm klar, würde er sich der schärfsten Kritik anderer Christen aussetzen.

Dietrich sollte seine ökumenischen Kontakte nutzen, um dem Ausland deutlich zu machen: In Deutschland wird der Widerstand fortgesetzt.
Dabei blieb er Pfarrer in der Bekennenden Kirche. Zwischen seiner Tätigkeit für den Widerstand, die sehr viele Reisen auch ins Ausland mit sich brachte, fand er immer wieder Zeit zu theologischer Arbeit. Er begann die **Ethik** zu schreiben.

Ihr könnt euch denken, dass er in seiner Lage von diesem Thema ganz besetzt war. Die Frage: „Wie können wir in dieser politischen Situation verantwortlich Entscheidungen treffen und entsprechend handeln?“ begleitete ihn ja ständig. Er hatte erkannt, dass es nicht genügte, gegen Hitler zu sein. Taten gegen ihn und gegen seine das Recht brechende Regierung waren nötig. Er hatte erkannt: Wir werden schuldig, wenn wir tatenlos zusehen, wie alle christlichen Werte missachtet und mit Füßen getreten werden. Er hatte erkannt, dass ein Christ die Pflicht hat, sich gegen einen Staat zu stellen, der seine Macht missbraucht und unschuldige Menschen umbringt.

Im katholischen Kloster Ettal in Oberbayern konnte Dietrich konzentriert an seiner „Ethik“ arbeiten

Aus christlicher Verantwortung heraus arbeitete Dietrich im Widerstand mit. Das war gefährlich. Um nicht aufzufallen und sich und die anderen Verschwörer nicht zu gefährden, musste er Kompromisse eingehen, das heißt Zugeständnisse machen. Er war z.B. bereit, mit dem so genannten „Hitlergruß" zu grüßen, also mit dem ausgestreckten Arm „Heil Hitler!" zu sagen statt „Guten Tag!" Strengen Christen galt das als Charakterschwäche. Er sagte darüber zu einem Freund: „Wir werden uns jetzt für ganz andere Dinge gefährden müssen, aber nicht für diesen Salut!" Er wusste natürlich, dass seine Bekannten, auch in der Ökumene, dadurch den Eindruck bekommen konnten, er habe seine Geradlinigkeit verloren und würde sich dem Staat fügen. Aber das musste er auf sich nehmen.

Im Herbst 1941 wurde es noch dringlicher, Hitler zu stürzen. Denn die Juden mussten jetzt einen gelben Stern tragen und wurden abtransportiert - in die Konzentrationslager. Sie sollten alle ermordet werden. Die Nazis nannten das die „Endlösung der Judenfrage".

Antisemitisches, das heißt gegen die Juden gerichtetes Hetzplakat, 1942

Der Widerstandskreis hatte sich inzwischen erweitert. Die Verschwörer bereiteten den Umsturz gründlich vor. Doch Hitler setzte ausgerechnet den Mann ab, der nach dem geplanten Attentat das Militär führen sollte.
Gleichzeitig gerieten die Widerstandskämpfer in eine gefährliche Lage. Zwischen den beiden deutschen Geheimdiensten war ein Machtkampf ausgebrochen. Das Reichssicherheitshauptamt, die Zentrale der Gestapo, wollte die militärische Abwehr, für die Dietrich arbeitete, als eigenständigen Geheimdienst aufheben. Um selbst die Leitung übernehmen zu können, musste es der Abwehr Fehler nachweisen.
Die Gelegenheit kam, als die Zollfahndung eine Abrechnung von ausländischem Geld beanstandete. Dietrichs Vorgesetzter wurde verhaftet. Bei seinen Vernehmungen fielen auch die Namen von Dietrich und Hans von Dohnanyi. Von da an wurde ihr Telefon abgehört, und sie wurden ständig überwacht.

Hitlers Truppen waren im Krieg tief nach Russland und nach Nordafrika vorgedrungen. Doch auf Dauer konnten sie ihre Stellungen nicht halten. Anfang 1943 verloren sie die Schlacht um Stalingrad an der Wolga, wo 270.000 deutsche Soldaten gekämpft hatten, und auch in Afrika mussten die Truppen kapitulieren. Mit dem Verlust einer halben Million Soldaten hatten sich die Machtverhältnisse endgültig gegen Deutschland gewendet.

Im März gelang es den Widerstandskämpfern, eine Zeitbombe in Hitlers Flugzeug zu schmuggeln. Aber sie explodierte nicht. Kurz darauf wollte ein Verschwörer als Begleiter Hitlers den Anschlag mit Bomben ausführen, die er in seinen Jackentaschen trug. Doch Hitler änderte seinen Zeitplan, der Offizier konnte nicht in seine Nähe gelangen - und aus dem Attentat wurde wieder nichts. Der deutsche Widerstand verlor im Ausland seine Glaubwürdigkeit.

Maria von Wedemeyer, 1942

Seit seiner Leitung des Predigerseminars hatte Dietrich immer wieder Ruth von Kleist-Retzow besucht, die zum pommerschen Landadel gehörte und Dietrichs Arbeit in Finkenwalde stark unterstützt hatte. Hier begegnete er im Sommer und Herbst 1942 mehrmals ihrer Enkeltochter Maria von Wedemeyer. Dietrich und Maria, Maria und Dietrich verliebten sich ineinander. Da sie erst 18 Jahre alt war, stimmte er dem Wunsch ihrer Mutter zu, eine Wartezeit einzuhalten. Doch schon im Januar 1943 verlobten sie sich im Stillen.

Das Reichssicherheitshauptamt ließ von dem Kampf gegen die militärische Abwehr nicht ab. Am 5. April 1943 wurden Dietrich, seine Schwester Christine und ihr Mann Hans von Dohnanyi ohne Angabe von Gründen verhaftet. Dietrich kam ins Gefängnis Berlin-Tegel, und zwar in Einzelhaft. Selbst die Wächter sollten nicht mit dem politischen Gefangenen sprechen. Er litt unter dem Schmutz, unter der Handfessel und darunter, dass er anfänglich keinen Kontakt mit der Familie und mit Maria hatte. Auch später konnte er sie nie allein sehen, sondern immer nur kurz unter Aufsicht eines Wächters. Um in guter Verfassung zu bleiben, machte er täglich körperliche Übungen. Er las viel in der Bibel und lernte Texte daraus auswendig.

Es war dem Reichssicherheitshauptamt nicht klar, dass man Männer aus dem Zentrum des Widerstands gefangen hatte. Das kam glücklicherweise auch in den vielen Verhören nicht heraus. Der Familie gelang es, Dietrich und Hans von Dohnanyi über den Stand der Untersuchungen zu informieren. Zudem hatten sie schon vor der Verhaftung ihre Aussagen miteinander abgestimmt.

Dietrich wurde schließlich nicht wegen Hoch- und Landesverrats angeklagt, wovon das Reichssicherheitshauptamt ausgegangen war, sondern nur noch wegen Wehrkraftzersetzung. Doch auch das war bei dem Krieg an zwei Fronten schlimm genug. Dietrich blieb im Gefängnis.

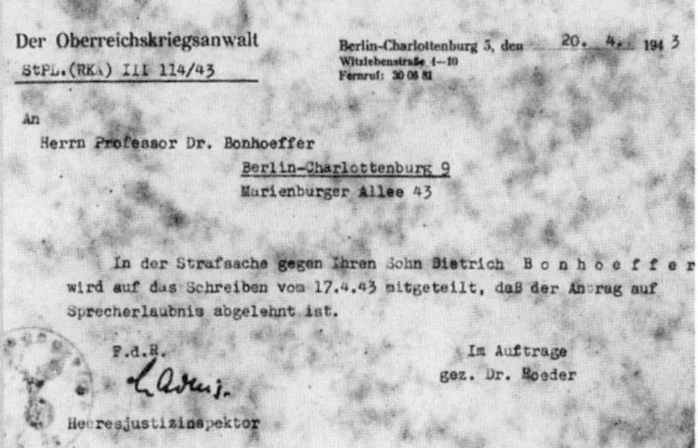
Der Oberreichskriegsanwalt
StPL.(RKA) III 114/43

Berlin-Charlottenburg 5, den 20. 4. 1943
Witzlebenstraße 4–10
Fernruf: 30 06 81

An
Herrn Professor Dr. Bonhoeffer
Berlin-Charlottenburg 9
Marienburger Allee 43

In der Strafsache gegen Ihren Sohn Dietrich Bonhoeffer wird auf das Schreiben vom 17.4.43 mitgeteilt, daß der Antrag auf Sprecherlaubnis abgelehnt ist.

F.d.R.
[Unterschrift]
Heeresjustizinspektor

Im Auftrage
gez. Dr. Roeder

Der Oberreichskriegsanwalt lehnt die Sprecherlaubnis für die Eltern ab, 20.4.1943

Dietrichs Lage hatte sich inzwischen etwas verbessert. Einige seiner Wächter waren von ihm sehr beeindruckt. Sie reichten weiter, was Maria und die Familie für ihn brachten: Bücher, Schreibpapier, Kaffee, Zigaretten und Nahrungsmittel. Davon gab Dietrich den Wächtern etwas ab. Das war in den kargen Kriegszeiten sehr willkommen. Schließlich konnte er nicht nur alle zehn Tage den erlaubten, aber zensierten Brief schicken, sondern weitere Briefe aus dem Gefängnis schmuggeln lassen. Aus diesen Briefen wurde später das berühmte Buch *Widerstand und Ergebung* zusammengestellt.

Dietrich musste sich jetzt auf den Prozess vorbereiten. Der wurde allerdings immer wieder verschoben. Der Familie und den Freunden lag vor allem daran, einen gefürchteten Richter auszuschalten, der in einem Prozess gegen eine kommunistische Gruppe 75 Todesurteile verhängt hatte. Tatsächlich gelang das. Er wurde befördert. Sein Nachfolger zeigte kein Interesse daran, Anklage gegen Dietrich zu erheben. Trotzdem kam er nicht frei - auch wenn er immer wieder mit großer Hoffnung davon sprach.

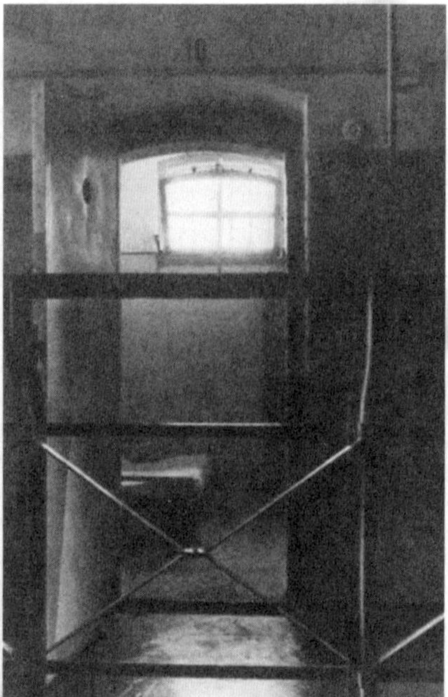

Die Gefängniszelle in Berlin-Tegel, 2 x 3 Meter, in der Dietrich eineinhalb Jahre in Einzelhaft verbrachte

Dietrich wartete auf das Attentat gegen Hitler. Es musste doch endlich dazu kommen! Die Zeit bis dahin wollte er für seine theologische Arbeit nutzen. Ihn beschäftigten ungewöhnliche und sehr schwierige Gedanken:
Als Christen müssen wir in dieser Welt leben. In unserer modernen Welt müssen wir unsere Mündigkeit, das heißt unsere Selbstständigkeit, erkennen und entsprechend leben. Wir müssen deutlich sehen, dass diese Welt fern von Gott ist. Wir müssen leben, als ob es Gott nicht gäbe. Wenn wir diese Lage vor Gott annehmen, erkennen wir den wahren Gott. Wir erkennen den Gott, der sich der Welt zuwendet, die sich von ihm entfernt hat. Dieser Gott begegnet uns im gekreuzigten Christus. Dietrich schreibt: „Gott läßt sich aus der Welt herausdrängen ans Kreuz, Gott ist ohnmächtig und schwach in der Welt und gerade und nur so ist er bei uns und hilft uns."

Christus hilft nicht durch seine Allmacht, sondern durch sein Leiden. Im diesseitigen Leben in der mündigen Welt leiden die Christen Gottes Leiden mit. Dadurch wachen sie mit Christus in Gethsemane. Nur „das ist Glaube". Das ganz diesseitige, das „religionslose Christentum", wie Dietrich sagt, lässt uns ehrlich von Gott sprechen. Zur Taufe seines Patensohnes schreibt er 1944: „... unser Christsein wird heute nur in zweierlei bestehen: im Beten und im Tun des Gerechten unter den Menschen", die „auf Gottes Zeit warten."

Dietrich wusste, dass die Kirche kaum Verständnis für seine Arbeit im Widerstand aufbringen würde. Denn einen solchen Widerstand gegen den Staat hatte sie noch nicht mitgetragen. Er stand weiterhin zu seiner Entscheidung. Aber er litt darunter, dass er sie ohne Absprache mit der Kirche hatte treffen müssen. Er fühlte sich sehr einsam und fragte sich: Kann ich später überhaupt wieder ein Amt in der Kirche übernehmen? Er erwartete nicht, in die Fürbittenlisten aufgenommen zu werden. Umso mehr freute er sich, als er im Oktober 1943 einmal in einem Gottesdienst im Fürbittengebet in Breslau namentlich genannt wurde.

Dietrich im Hof des Wehrmachtuntersuchungsgefängnisses in Berlin-Tegel, Sommer 1944

Im Juli 1944 sollte Oberst Claus Graf Schenk von Stauffenberg, der Zugang zu Hitler hatte, endlich das Attentat auf ihn ausüben. Am 20. Juli stellte er eine Tasche mit der Bombe so ab, dass sie Hitler bei der Lagebesprechung treffen musste. Dann verließ er den Raum. Doch ein Offizier stellte die Tasche um, weil sie ihn störte - und Hitler entging auch diesem Anschlag. Nach dieser Bombenexplosion wurden 7.000 Menschen verhaftet. 170 wurden umgebracht.

Stauffenberg und andere aus dem Widerstandskreis wurden sofort getötet, darunter auch Paul von Hase, Dietrichs Onkel, der Stadtkommandant von Berlin war. Hans von Dohnanyi kam ins Konzentrationslager Sachsenhausen. Dietrich hatte als Helfer bei den vielen Bombenangriffen auf Berlin Zugang zum Krankenrevier seines Gefängnisses. Dort konnte er Radio hören, manchmal sogar den verbotenen englischen Sender BBC. Schon am 21. Juli, dem Tag nach dem gescheiterten Attentat, sah er sein Schicksal als besiegelt an.

Zunächst geschah allerdings gar nichts. Doch im September wurden unglücklicherweise Akten gefunden, die deutliche Hinweise auf seine und Hans von Dohnanyis Beteiligung am Widerstand enthielten. Dietrich wollte fliehen. Ein Wächter, Unteroffizier Knobloch, hatte ihm zugesagt, ihn als Monteur verkleidet in einem Berliner Arbeiterviertel untertauchen zu lassen.

Aber dazu kam es nicht. Im Oktober 1944 wurden Dietrichs Bruder Klaus, sein Schwager Rüdiger Schleicher und sein enger Freund Eberhard Bethge im Zusammenhang der Verschwörung verhaftet. Dietrich wollte sie, seine Eltern und Maria nicht durch seine Flucht gefährden.

Klaus Bonhoeffer

Rüdiger Schleicher

Hitler ließ die Verschwörer nicht sofort ermorden, weil er das weitere Umfeld des Widerstands aufdecken wollte. Im Oktober 1944 holte die Gestapo Dietrich aus dem Tegeler Gefängnis in das gefürchtete Kellergefängnis des Reichssicherheitshauptamts in der Prinz-Albrecht-Straße.

Hoffnung auf einen Umsturz gab es nicht mehr. Auch die Familie und die Freunde konnten nicht mehr helfen. Canaris, Oster und andere saßen selbst in der Prinz-Albrecht-Straße gefangen. Die Haftbedingungen hier waren viel schlimmer als im Tegeler Gefängnis. Die Zellen waren knapp eineinhalb mal zweieinhalb Meter groß. Dietrich wurde mit Folter bedroht. Das Schicksal seiner Braut und seiner Familie würde von seinen Aussagen abhängen. Maria und die Eltern bekamen keine Sprecherlaubnis.

Im Februar 1945, als die Angriffe auf Berlin auch das Reichssicherheitshauptamt getroffen hatten, wurde Dietrich ins Konzentrationslager Buchenwald in Thüringen verschleppt. In einen Sonderkeller - feucht, kalt, ohne Tageslicht. Die Familie erfuhr nichts davon. Maria machte sich trotz des allgemeinen Zusammenbruchs mitten im Winter mit einem Koffer voller warmer Kleidung nach Bayern auf. Sie hoffte, Dietrich dort in einem der Lager zu finden. In den Konzentrationslagern Dachau und Flossenbürg fragte sie nach ihm. Sie wurde abgewiesen. Im März war sie wieder in Berlin.

Als sich die Amerikaner am 3. April Buchenwald näherten, wurden die Häftlinge nach Bayern verlegt. Ein mitgefangener englischer Offizier berichtete später, dass Dietrich viel tat, um die bedrückten Gefangenen aufzurichten und von ihren Sorgen abzubringen.

Am 5. April 1945 befahl Hitler, die Widerstandsgruppe um Canaris zu vernichten. Am 8. April sollten Canaris, Oster, Dietrich und andere im bayrischen Konzentrationslager Flossenbürg zum Tode verurteilt werden. Dietrich aber fehlte. Er war versehentlich nach Schönberg im Bayerischen Wald gebracht worden. Dort hielt er am 8. April für die Gefangenen eine Andacht. Im Zeichen des allgemeinen Zusammenbruchs kam leise die Hoffnung auf baldige Befreiung auf. Doch am Mittag dieses Tages wurde Dietrich abgeholt. Er trug einem englischen Offizier noch einen Gruß an seinen Freund George Bell auf: „Sagen Sie dem Bischof, dies ist das Ende - für mich der Beginn des Lebens." Nachts traf er in Flossenbürg ein. Nach kurzer Verhandlung wurden Dietrich und die anderen Widerstandskämpfer am frühen Morgen des 9. April gehängt.

Konzentrationslager Flossenbürg

Der Lagerarzt berichtete nach dem Krieg, es habe ihn sehr erschüttert, als er Dietrich vor seinem Tod in innigem Gebet in einem Raum knien sah. Nach einem weiteren kurzen Gebet an der Hinrichtungsstätte habe er dann mutig und gefasst die Treppe zum Galgen bestiegen.

Hans von Dohnanyi, der den Nazis als geistiges Haupt der Verschwörung galt, wurde am selben Tag umgebracht. Klaus Bonhoeffer und Rüdiger Schleicher wurden in der Nacht zum 23. April von der SS erschossen. Zehn Enkelkinder von Dietrichs Eltern hatten keinen Vater mehr.

Eine Woche später, am 30. April, beging Hitler Selbstmord. Eine weitere Woche darauf, am 8. Mai, endete der Zweite Weltkrieg mit der Kapitulation Deutschlands.

Gedenktafel in Flossenbürg

Maria, die bei Kriegsende wieder auf der Suche nach Dietrich unterwegs war, hörte im Juni, dass er ermordet worden war.

Am 27. Juli hielten George Bell und Franz Hildebrandt in London einen Gedächtnisgottesdienst für Dietrich. Die BBC übertrug ihn auch nach Deutschland. Erst jetzt erfuhren die Eltern mit Gewissheit von Dietrichs Tod. George Bell sagte über ihn: „Sein Tod ist ein Tod für Deutschland - ja auch für Europa." Er bezeichnete ihn als Märtyrer: als gläubiger Mensch leistete er im Namen Gottes Widerstand und kämpfte gegen Unrecht und Grausamkeit. Er war bereit, dafür sein Leben zu lassen. Später schrieb George Bell: „Dietrich sah die Wahrheit und sprach sie ohne Furcht aus."

Nach dem Krieg wurden Dietrichs Briefe aus der Haft veröffentlicht. Bald schon erschienen Übersetzungen seiner Briefe und seiner Bücher in vielen Sprachen. Sie waren und sind hilfreich für Menschen, die sich über ihren christlichen Glauben klar werden wollen. Sie sind besonders lebendig unter Menschen, die in Unterdrückung lebten oder leben, z. B. in den Befreiungskirchen Südafrikas oder Lateinamerikas. Sie sind wichtig für alle, die die Kraft zum Widerstand und den Trost des Glaubens in Not und Unterdrückung suchen.

In einem Gedicht, für Maria und seine Familie geschrieben, hat Dietrich Ende Dezember 1944 in der Prinz-Albrecht-Straße diesen Trost des Glaubens zum Ausdruck gebracht. Die siebente Strophe ist am bekanntesten:

Von guten Mächten wunderbar geborgen
erwarten wir getrost, was kommen mag.
Gott ist bei uns am Abend und am Morgen
und ganz gewiss an jedem neuen Tag.

Dietrich war 39 Jahre alt, als er ohne ordentliches Gerichtsverfahren hingerichtet wurde - im Namen eines menschenverachtenden Staates, der unendliches Leid über die Welt gebracht hat.

Er lebt weiter in seinen Schriften, im Vorbild seiner reichen und starken Persönlichkeit, im Vorbild seines Glaubens und seines geradlinigen christlichen Lebens in bedrängter Zeit.

Foto- und Textnachweis
Sämtliche Fonds: außer S. 28, Archiv für Kunst und Geschichte, Berlin; **S. 5:** Ullstein Bilderdienst, Berlin; **S. 6:** Bethge, a.a.O., S. 28; **S. 7 oben:** Bethge, a.a.O., S. 34 o. re.; **S. 7 unten:** Aus dem Privatbesitz von Eberhard Bethge; **S. 9:** Bethge, a.a.O., S. 35 o. li.; **S. 10:** Aus dem Privatbesitz von Eberhard Bethge; **S. 11:** Bethge, a.a.O., S. 44 Mi.; **S. 18:** Bethge, a.a.O., S. 49; **S. 19:** Süddeutscher Verlag Bilderdienst, München; **S. 20:** Bethge, a.a.O., S. 82 o. re.; **S. 21:** Aus dem Privatbesitz von Ulrike Schmidt, geb. Dreier, Bremen; **S. 24:** Archiv für Kunst und Geschichte, Berlin; **S. 27:** Bethge, a.a.O., S. 75 o.; **S. 28:** Ausschnitt, Christian Gremmels/Renate Bethge (Hrsg.), Dietrich Bonhoeffer – Bilder eines Leben © 2005, Gütersloher Verlagshaus, Gütersloh, in der Verlagsgruppe Random House GmbH; **S. 29:** Aus dem Privatbesitz von Eberhard Bethge; **S. 33:** Bethge, a.a.O., S. 106 u. re.; **S. 34:** Bethge, a.a.O., S. 119 li.; **S. 36:** Bethge, a.a.O., S. 125 o. re.; **S. 38:** Bethge, a.a.O, S. 143 re.; **S. 39:** Bethge, a.a.O., S. 144 u.; **S. 41:** Bethge, a.a.O., S. 154 o.; **S. 43:** Bethge, a.a.O, S. 154 u.; **S. 44:** Ullstein Bilderdienst, Berlin; **S. 45:** Bethge, a.a.O., S. 195 o. li.; **S. 46:** Archiv für Kunst und Geschichte, Berlin; **S. 48:** Bethge, a.a.O., S. 187 o. Mi.; **S. 49:** Aus dem Privatbesitz von Eberhard Bethge; **S. 50:** Bethge, a.a.O., S. 189 Mi. re.; **S. 52:** Bethge, a.a.O., S. 199 o.li.; **S. 54:** Bethge, S. 205, u.; **S. 56:** Archiv für Kunst und Geschichte, Berlin; **S. 58:** Bethge, a.a.O., S. 223; **S. 60:** Bethge, a.a.O., S. 231; **S. 61:** Aus: Dietrich Bonhoeffer. Editions Du Signe, Strasbourg; **S. 62:** (Text) Aus: Dietrich Bonhoeffer, Widerstand und Ergebung © 1998, Gütersloher Verlagshaus, Gütersloh, in der Verlagsgruppe Random House GmbH; **S. 63:** Archiv für Kunst und Geschichte, Berlin.
Trotz intensiver Bemühungen war es leider nicht in allen Fällen möglich, den jeweiligen Rechtsinhaber der abgedruckten Fotos ausfindig zu machen. Für Hinweise ist der Verlag dankbar. Rechtsansprüche bleiben gewahrt.

Die Autorin dankt Herrn Dr. Diether Koch, Bremen, für wertvolle Hinweise.

FSC
www.fsc.org
MIX
Papier aus verantwortungsvollen Quellen
FSC® C006701

Dieses Buch wurde auf FSC®-zertifiziertem Papier gedruckt. FSC (Forest Stewardship Council®) ist eine nichtstaatliche, gemeinnützige Organisation, die sich für eine ökologische und sozialverantwortliche Nutzung der Wälder unserer Erde einsetzt.

Bibliografische Information der Deutschen Nationalbibliothek

Die Deutsche Nationalbibliothek verzeichnet diese Publikation in der Deutschen Nationalbibliografie; detaillierte bibliografische Daten sind im Internet über http://dnb.d-nb.de abrufbar.

5. Auflage 2013

Umschlaggestaltung: Andreas Sonnhüter, Düsseldorf,
unter Verwendung des Bildes, D. Bonhoeffer im Gefängnis Berlin-Tegel, © akg-images
DTP: Linda Opgen-Rhein, Dortmund
Verwendete Schriften: Syntax, Tekton, Courier
Gesamtherstellung: CPI – Ebner & Spiegel, Ulm
Printed in Germany
ISBN 978-3-7615-5927-7

www.neukirchener-verlage.de